MW00568744

¡NO PASARÁN!

Appel de Dolores Ibárruri depuis le balcon
du ministère de l'Intérieur,
Madrid, 19 juillet 1936

suivi de

LE PEUPLE DOIT
SE DÉFENDRE

Dernier message radiodiffusé de
Salvador Allende depuis Santiago
(Chili), 11 septembre 1973

et de

CE SANG QUI COULE,
C'EST LE VÔTRE

Discours de Victor Hugo sur la tombe
de Jean Bousquet, 20 avril 1853

Éditions Points

Conseiller éditorial : Yves Marc Ajchenbaum

L'éditeur remercie Valérie Kubiak pour sa contribution.

SOURCES
Pour le texte de Dolores Ibárruri :
site Wikisource – Espagne, http://es.wikisource.org
Pour le texte de Salvador Allende :
site Wikisource – Espagne, http://es.wikisource.org
Pour le texte de Victor Hugo :
Actes et paroles. Pendant l'exil, 1852-1870,
Paris, Lévy frères, 1875

ISBN 978-2-7578-1998-2

© Éditions Points, septembre 2010,
pour les traductions françaises et la présente édition

Sommaire

« ¡ No pasarán ! »

Dolores Ibárruri, appel depuis le balcon
du ministère de l'Intérieur, Madrid, 19 juillet 1936

*Elle rêvait de devenir institutrice, elle devint
bonne à tout faire, l'épouse d'un mineur syndicaliste et la mère de six enfants dont quatre mourront
très jeunes. C'est la misère, et en même temps,
l'apprentissage de la lutte politique.*

*Dolores Ibárruri Gómez devient très vite une
dirigeante écoutée du petit Parti communiste espagnol, mais ce 19 juillet 1936, vingt-quatre heures
après le début du coup d'État franquiste, quand elle
s'installe au ministère de l'Intérieur pour participer
à la défense de la jeune démocratie espagnole, avant
d'être communiste, elle se sent républicaine. À la
foule rassemblée au pied de l'immeuble, elle lance
son « No pasarán », « ils ne passeront pas », et d'un
trait résume la volonté populaire : briser le soulèvement des militaires soutenu par les royalistes et la
hiérarchie catholique.*

*Toute de noir vêtue, cheveux tirés, l'œil brillant,
cette oratrice hors pair fait vibrer les mots et les trans-
forme en slogans. Elle sait rugir contre les généraux
félons, mobiliser les femmes et entraîner les hommes
qui vont bientôt mourir pour la défense de la*

République. Dans cette Espagne austère et sanglante, elle se donne et on l'aime. Elle est devenue une sorte de sainte athée issue des entrailles du peuple : la Pasionaria.

Elle fascine, et la plupart de ses interlocuteurs finissent par oublier qu'ils ont en face d'eux un pur produit de l'appareil stalinien. Membre de la direction du PCE, elle travaille beaucoup à renforcer l'influence de son parti au sein d'un camp républicain divisé ; membre du Komintern, l'organisation communiste internationale dirigée de Moscou, elle acquiert une position hautement stratégique en gérant une partie importante de la solidarité financière internationale qui arrive dans le camp républicain.

En mars 1939, les jeux sont faits : le général Franco et ses alliés ont gagné la guerre contre la République. Dolores Ibárruri quitte alors l'Espagne pour l'URSS, sa terre d'exil. Elle y restera jusqu'en 1975, année de la mort de Franco. De retour dans son pays, elle assistera à la naissance d'une nouvelle Espagne, démocratique et royale.

Discours de Dolores Ibárruri

*¡ Obreros ! ¡ Campesinos ! ¡ Antifascistas !
¡ Españoles patriotas !*

*Frente a la sublevación militar fascista ¡ todos
en pie, a defender la República, a defender las
libertades populares y las conquistas democráticas
del pueblo !*

*A través de las notas del gobierno y del
Frente Popular, el pueblo conoce la gravedad del
momento actual. En Marruecos y en Canarias
luchan los trabajadores, unidos a las fuerzas leales
a la República, contra los militares y fascistas
sublevados.*

*Al grito de ¡ el fascismo no pasará, no pasarán
los verdugos de octubre !.... los obreros y campesinos
de distintas provincias de España se incorporan a la
lucha contra los enemigos de la República alzados
en armas. Los comunistas, los socialistas y anar-
quistas, los republicanos demócratas, los soldados y
las fuerzas fieles a la República han infligido las
primeras derrotas a los facciosos, que arrastran*

Ouvriers ! Paysans ! Antifascistes ! Patriotes espagnols !

Face au soulèvement militaire fasciste, levons-nous pour défendre la République, pour défendre les libertés populaires et les conquêtes démocratiques du peuple !

Par les communiqués du gouvernement et du Front populaire, le peuple connaît la gravité de ce moment. Au Maroc et aux Canaries, les travailleurs, alliés aux forces loyales à la République, luttent contre les militaires et les fascistes insurgés.

Au cri de : « Le fascisme ne passera pas, les bourreaux d'octobre ne passeront pas ! »... les ouvriers et les paysans des diverses provinces espagnoles se joignent à la lutte contre les rebelles armés ennemis de la République. Les communistes, les socialistes et les anarchistes, les républicains démocrates, les soldats et les forces fidèles à la République ont infligé les premières défaites aux factieux qui traînent por el fango de la traición el honor militar de que tantas veces han alardeado.

Todo el país vibra de indignación ante esos desalmados que quieren hundir la España democrática y popular en un infierno de terror y de muerte.

Pero ¡ No pasarán !

España entera se dispone al combate. En Madrid el pueblo está en la calle, apoyando al gobierno y estimulándole con su decisión y espíritu de lucha para que llegue hasta el fin en el aplastamiento de los militares y fascistas sublevados.

¡ Jóvenes, preparaos para la pelea !

¡ Mujeres, heroicas mujeres del pueblo ! ¡ Acordaos del heroísmo de las mujeres asturianas en 1934 ; luchad también vosotras al lado de los hombres para defender la vida y la libertad de vuestros hijos, que el fascismo amenaza !

¡ Soldados, hijos del pueblo ! ¡ Manteneos fieles al gobierno de la República, luchad al lado de los trabajadores, al lado de las fuerzas del Frente Popular, junto a vuestros padres, vuestros hermanos y compañeros ! ¡ Luchad por la España del 16 de febrero, luchad por la República, ayudadlos a triunfar !

¡ Trabajadores de todas las tendencias ! El gobierno pone en nuestras manos las armas para dans la boue de la trahison l'honneur militaire dont ils se glorifiaient tant.

Tous le pays frémit d'indignation face à ces scélérats qui veulent plonger l'Espagne démocratique et populaire dans un enfer fait de terreur et de mort.

Mais ils ne passeront pas !

Toute l'Espagne se prépare au combat. À Madrid le peuple est dans la rue, soutenant le gouvernement et le stimulant avec sa volonté et son esprit de lutte, pour que les militaires et les fascistes insurgés soient totalement écrasés.

Jeunes, préparez-vous au combat !

Femmes, héroïques femmes du peuple ! Souvenez-vous de l'héroïsme des femmes des Asturies en 1934 ; luttez vous aussi aux côtés des hommes pour défendre la vie et la liberté de vos enfants menacés par le fascisme !

Soldats, fils du peuple ! Restez fidèles au gouvernement de la République, luttez aux côtés des travailleurs, aux côtés des forces du Front populaire, aux côtés de vos pères, de vos frères et de vos camarades ! Luttez pour l'Espagne du 16 février, luttez pour la République, aidez-la à triompher !

Travailleurs de tous les partis ! Le gouvernement met entre vos mains les armes pour que salvemos a España y al pueblo del horror y de la vergüenza que significaría el triunfo de los sangrientos verdugos de octubre.

¡ Que nadie vacile ! Todos dispuestos para la acción. Cada obrero, cada antifascista debe considerarse un soldado en armas.

¡ Pueblos de Cataluña, Vasconia y Galicia ! ¡ Españoles todos ! A defender la República democrática, a consolidar la victoria lograda por el pueblo el 16 de febrero.

El Partido Comunista os llama a la lucha. Os llama especialmente a vosotros, obreros, campesinos, intelectuales, a ocupar un puesto en el combate para aplastar definitivamente a los enemigos de la República y de las libertades populares. ¡ Viva el Frente Popular ! ¡ Viva la unión de todos los antifascistas ! ¡ Viva la República del pueblo ! ¡ Los fascistas no pasarán ! ¡ No pasarán !

sauver l'Espagne et le peuple de l'horreur et de la honte que représenterait le triomphe des bourreaux sanguinaires d'octobre.

Pas d'hésitations. Que tous soient prêts à l'action. Chaque ouvrier, chaque antifasciste doit se voir comme un soldat armé.

Peuple de Catalogne, du Pays basque et de Galice ! À vous tous Espagnols ! Défendons la République démocratique, consolidons la victoire remportée par le peuple le 16 février.

Le parti communiste vous appelle à la lutte. Il vous appelle particulièrement vous, ouvriers, paysans, intellectuels à prendre place dans le combat pour écraser définitivement les ennemis de la République et des libertés populaires. Vive le Front populaire ! Vive l'union de tous les antifascistes ! Vive la République du peuple ! Les fascistes ne passeront pas ! Ils ne passeront pas ! *¡ No pasarán !*

Chronologie*

9 décembre 1895 : Naissance de Dolores Ibárruri dans les environs de Bilbao, au Pays basque espagnol. Elle est la fille d'un mineur dévot et royaliste.

1916 : Mariage avec un militant syndicaliste. Un an plus tard, elle adhère au Parti socialiste.

Avril 1920 : Elle participe à la création du Parti communiste espagnol (PCE).

12 avril 1931 : *Les candidats monarchistes sont battus aux élections municipales. Le roi Alphonse XIII se retire. C'est la II* *République espagnole.*

1933 : Premier séjour à Moscou. Elle participe aux travaux du Comité exécutif de l'Internationale communiste.

Octobre 1934 : *Soulèvement populaire dans les Asturies contre la misère. La répression militaire dirigée par le général Franco est terrible : 1 500 tués, 3 000 blessés, 50 000 arrestations.*

---

* Les événements historiques sont présentés en italiques.

16 février 1936 : *Nouvelles élections générales en Espagne. Le Front populaire, un rassemblement de partis de gauche soutenu par les anarchistes, l'emporte.*

Dolores Ibárruri est élue députée des Asturies à l'Assemblée nationale, les Cortès.

17-18 juillet 1936 : *L'armée se soulève au Maroc espagnol contre la République et le gouvernement de Front populaire.*

Septembre 1936 : Dolores Ibárruri rencontre en France le socialiste Léon Blum et dénonce la politique de non-intervention de son gouvernement. *Le Komintern décide de l'organisation des Brigades internationales pour soutenir la République.*

Novembre 1936 : *Franco fait alors appel aux aviateurs de la légion Condor, envoyée par l'Allemagne nazie, pour bombarder Madrid. C'est la première expérimentation d'une attaque systématique d'objectifs civils visant à faire craquer les populations.*

1937 : Dolores Ibárruri est élue vice-présidente de l'Assemblée nationale, les Cortès.

8 mars 1937 : *30 000 soldats italiens envoyés par Mussolini pour aider Franco et 20 000 légionnaires marocains et monarchistes attaquent Madrid. Ils échouent.*

Avril 1938 : *L'Espagne est coupée en deux, Madrid est séparée de Barcelone.*

Dolores Ibárruri organise la mobilisation populaire en Catalogne et combat les tendances défaitistes qui se font jour dans les rangs républicains.

26 janvier 1939 : *Les troupes franquistes pénètrent dans Barcelone.*

6 mars 1939 : Dolores Ibárruri quitte l'Espagne pour l'URSS.

27 mars 1939 : *Les troupes de Franco entrent dans Madrid. La guerre civile aura fait un million de morts violentes, deux millions de prisonniers, 500 000 exilés.*

Mai 1942 : La Pasionaria devient secrétaire générale du PCE clandestin.

23 juillet 1969 : *Franco désigne son héritier : Juan Carlos de Bourbon, le petit-fils d'Alphonse XIII destitué en 1931.*

20 novembre 1975 : *Mort de Franco.*

13 mai 1977 : De retour en Espagne, Dolores Ibárruri est élue aux Cortès, l'Assemblée nationale espagnole.

12 novembre 1989 : Elle meurt d'une pneumonie.

« Le peuple doit se défendre »

Salvador Allende, dernier message radiodiffusé
depuis Santiago (Chili), 11 septembre 1973

« Je crois au vote et non au fusil. » *Salvador
Allende aura manifesté jusqu'à sa mort cette confiance
en la démocratie, en la force du suffrage universel.
Médecin dans les années 1930, député, sénateur,
ministre, bon connaisseur de la vie politique chilienne,
il sera un président toujours en équilibre sur le fil
de l'action politique. Intransigeant sur le respect du
droit, il lui fallait faire cohabiter dans un même
front de gauche des radicaux, des socialistes – les
modérés comme les intransigeants –, des communistes, des révolutionnaires d'origine chrétienne ou
inspirés par le marxisme-léninisme. Et face à lui,
outre un parti démocrate-chrétien divisé et une classe
moyenne totalement effrayée par les revendications
des plus pauvres, il trouve une droite dynamique,
organisée et largement soutenue, tant financière-
ment que techniquement par les États-Unis. En
effet, pour Washington, le président Allende est un
dangereux marxiste, il doit absolument disparaître
de la scène politique. Dans cette société chilienne
en pleine tourmente, reste une inconnue : l'armée.
Allende pense pouvoir la contenir dans ses casernes :*

il a confiance dans le légalisme républicain de nombre d'officiers.

Aux élections législatives de mars 1973, l'opposition obtient près de 55 % des voix, mais pour pouvoir légalement destituer le président, il lui faut 60 % des suffrages. De son côté, la gauche fait son meilleur score depuis des décennies avec 43,4 % des voix ; elle demeure cependant minoritaire au Parlement. Dans ce contexte, les relations entre le président Allende et les Chambres se tendent encore un peu plus : le pays devient difficilement gouvernable. Pour sortir de l'impasse, asseoir son autorité et faire valider sa politique intérieure, le président décide alors d'organiser un référendum. La rébellion militaire le prendra de vitesse et l'armée s'emparera du pouvoir dans le sang. Ce 11 septembre 1973, encerclé dans le palais présidentiel de La Moneda, Salvador Allende se suicide plutôt que de se rendre.

Discours de Salvador Allende

Compañeros que me escuchan : la situación es crítica, hacemos frente a un golpe de estado en que participan la mayoría de las Fuerzas Armadas. [...]

No tengo condiciones de mártir, soy un luchador social que cumple una tarea que el pueblo me ha dado. Pero que lo entiendan aquellos que quieren retrotraer la historia y desconocer la voluntad mayoritaria de Chile ; sin tener carne de mártir, no daré un paso atrás. Que lo sepan, que lo oigan, que se lo graben profundamente : dejaré La Moneda cuando cumpla el mandato que el pueblo me diera, defenderé esta revolución chilena y defenderé el gobierno porque es el mandato que el pueblo me ha entregado. No tengo otra alternativa. Sólo acribillándome a balazos podrán impedir la voluntad que es hacer cumplir el programa del pueblo. [...]

Camarades qui m'écoutez : la situation est critique, nous sommes face à un coup d'État auquel participe la majorité des forces armées. [...]

Je n'ai pas l'étoffe d'un martyr, je suis un combattant de la cause sociale qui accomplit la tâche que le peuple lui a confiée. Mais que ceux qui veulent revenir sur l'Histoire et nient la volonté majoritaire du Chili m'écoutent : même si je ne suis pas un martyr, je ne ferai pas un seul pas en arrière. Qu'ils le sachent, qu'ils l'entendent, qu'ils le gravent dans leur esprit : je quitterai La Moneda quand le mandat que m'a confié le peuple sera achevé, je défendrai la révolution chilienne et je défendrai le gouvernement parce que c'est pour cela que le peuple m'a élu. Je n'ai pas d'autres choix. Seules les balles pourraient m'empêcher d'accomplir la mission que m'a confiée le peuple. [...]

Seguramente, ésta será la última oportunidad en que pueda dirigirme a ustedes. La Fuerza Aérea ha bombardeado las torres de radio Portales y radio Corporación. Mis palabras no tienen amargura sino decepción. Que sean ellas un castigo moral para quienes han traicionado el juramento que hicieron : soldados de Chile, comandantes en jefe titulares, el almirante Merino, que se ha autodesignado comandante de la Armada, más el señor Mendoza, general rastrero que sólo ayer manifestara su fidelidad y lealtad al Gobierno, y que también se ha autodenominado Director general de carabineros.

Ante estos hechos sólo me cabe decir a los trabajadores : ¡ Yo no voy a renunciar ! Colocado en un tránsito histórico, pagaré con mi vida la lealtad al pueblo. Y les digo que tengo la certeza de que la semilla que hemos entregado a la conciencia digna de miles y miles de chilenos, no podrá ser segada definitivamente. Tienen la fuerza, podrán avasallarnos, pero no se detienen los procesos sociales ni con el crimen ni con la fuerza. La historia es nuestra y la hacen los pueblos.

C'est sans doute ma dernière chance de m'adresser à vous. Les forces aériennes ont bombardé les tours de radio Portales et de radio Corporacion. Mes paroles sont empreintes de déception mais pas d'amertume. Qu'elles soient le châtiment moral de ceux qui ont trahi leur serment : les soldats du Chili, les commandants en chef, l'amiral Merino, qui s'est lui-même désigné commandant de la Marine, monsieur Mendoza, général perfide qui hier encore manifestait sa solidarité et sa loyauté au gouvernement, et qui aujourd'hui s'est promu commandant général des carabiniers.

Face à ces événements je déclare aux travailleurs que je ne renoncerai pas ! Confronté à ce tournant historique, je paierai de ma vie ma loyauté au peuple. J'ai la certitude que la semence qui a été déposée dans la conscience de milliers de Chiliens ne pourra pas être arrachée. Ils ont la force, ils pourront nous soumettre, mais les mouvements sociaux ne se maîtrisent ni par le crime, ni par la force. L'histoire nous appartient, ce sont les peuples qui la font.

Trabajadores de mi patria : quiero agradecerles la lealtad que siempre tuvieron, la confianza que depositaron en un hombre que sólo fue intérprete de grandes anhelos de justicia, que empeñó su palabra en que respetaría la Constitución y la ley, y así lo hizo.

En este momento definitivo, el último en que yo pueda dirigirme a ustedes, quiero que aprovechen la lección : el capital foráneo, el imperialismo, unidos a la reacción creó el clima para que las Fuerzas Armadas rompieran su tradición, la que les enseñara el general Schneider y reafirmara el comandante Araya, víctimas del mismo sector social que hoy estará en sus casas esperando con mano ajena, reconquistar el poder para seguir defendiendo sus granjerías y sus privilegios.

Me dirijo a ustedes, sobre todo a la modesta mujer de nuestra tierra, a la campesina que creyó en nosotros, a la obrera que trabajó más, a la madre que supo de nuestra preocupación por los niños. Me dirijo a los profesionales de la patria, a los profesionales patriotas que siguieron

Travailleurs de ma patrie : je veux vous remercier de votre loyauté, de la confiance que vous avez accordée à un homme qui ne fut que l'interprète de votre soif de justice, qui vous a promis le respect de la Constitution et de la loi et qui a tenu sa parole.

En ce moment crucial, le dernier où je peux encore m'adresser à vous, je veux que vous reteniez cette leçon : le capital étranger et l'impérialisme, unis à la réaction, ont créé le climat pour que les forces armées rompent leur tradition, celle que leur avait enseignée le commandant Schneider[1] et qu'avait réaffirmée le général Araya[2], tous deux victimes de la même classe sociale qui aujourd'hui attend tranquillement qu'une main étrangère lui rende le pouvoir pour continuer de défendre ses intérêts et ses privilèges.

Je m'adresse à vous, et en particulier à la modeste femme de notre terre, à la paysanne qui a cru en nous, à l'ouvrière qui a travaillé plus, à la mère qui a compris notre préoccupation pour ses enfants. Je m'adresse à tous les professionnels, aux patriotes qui n'ont jamais

---

1. Le commandant René Schneider, officier républicain, fut assassiné par l'extrême droite en octobre 1970.

2. Le général Arturo Araya Peeters était l'attaché naval du président Allende. Il fut assassiné en juillet 1973.

trabajando contra la sedición auspiciada por los colegios profesionales, colegios de clases que defendieron también las ventajas de una sociedad capitalista.

Me dirijo a la juventud, a aquellos que cantaron y entregaron su alegría y su espíritu de lucha. Me dirijo al hombre de Chile, al obrero, al campesino, al intelectual, a aquellos que serán perseguidos, porque en nuestro país el fascismo ya estuvo hace muchas horas presente ; en los atentados terroristas, volando los puentes, cortando las vías férreas, destruyendo los oleoductos y los gaseoductos, frente al silencio de quienes tenían la obligación de proceder. Estaban comprometidos. La historia los juzgará.

Seguramente Radio Magallanes será acallada y el metal tranquilo de mi voz no llegará a ustedes. No importa. La seguirán oyendo. Siempre estaré junto a ustedes. Por lo menos mi recuerdo será el de un hombre digno que fue leal con la patria.

El pueblo debe defenderse, pero no sacrificarse. El pueblo no debe dejarse arrasar ni acribillar, pero tampoco puede humillarse.

cessé de lutter contre la sédition encouragée par les corporations professionnelles, corporations de classe qui défendaient elles aussi les avantages que leur accordait la société capitaliste.

Je m'adresse à la jeunesse, à ceux qui chantèrent et nous livrèrent leur joie et leur esprit de lutte. Je m'adresse à l'homme chilien, à l'ouvrier, au paysan, à l'intellectuel, à ceux qui seront persécutés, parce que le fascisme a déjà pris place dans notre pays ; à travers les attentats terroristes, abattant les ponts, coupant les voies de chemin de fer, détruisant les oléoducs et les gazoducs, face au le silence de ceux qui avaient le devoir de réagir. Ils sont responsables. L'histoire les jugera.

On fera certainement taire Radio Magallanes et le métal tranquille de ma voix ne vous parviendra plus. Peu importe. Vous l'entendrez encore. Je serai toujours à vos côtés. Mon souvenir sera tout au moins celui d'un homme digne, d'un homme qui fut loyal à sa patrie.

Le peuple doit se défendre mais pas se sacrifier. Le peuple ne doit pas se laisser écraser, il ne doit pas mourir sous les balles, mais il ne doit pas non plus se laisser humilier.

Trabajadores de mi patria, tengo fe en Chile y su destino. Superarán otros hombres este momento gris y amargo en el que la traición pretende imponerse. Sigan ustedes sabiendo que, mucho más temprano que tarde, de nuevo se abrirán las grandes alamedas por donde pase el hombre libre, para construir una sociedad mejor.

¡ Viva Chile ! ¡ Viva el pueblo ! ¡ Vivan los trabajadores !

Estas son mis últimas palabras y tengo la certeza de que mi sacrificio no será en vano, tengo la certeza de que, por lo menos, será una lección moral que castigará la felonía, la cobardía y la traición.

Travailleurs de ma patrie, j'ai foi en le Chili et en son destin. D'autres hommes surmonteront ce moment gris et amer où la trahison prétend s'imposer. N'oubliez jamais que bientôt s'ouvriront à nouveau les larges avenues qu'empruntera l'homme libre pour bâtir une société meilleure.

Vive le Chili ! Vive le peuple ! Vivent les travailleurs !

Ce sont mes dernières paroles et j'ai la certitude que mon sacrifice ne sera pas vain, j'ai la certitude qu'il sera pour le moins une leçon morale qui frappera la félonie, la lâcheté et la trahison.

Chronologie*

18 septembre 1810 : *Proclamation de l'indépendance du Chili.*

1833 : *Établissement d'une première Constitution et début d'une période de prospérité.*

26 juillet 1908 : Naissance de Salvador Allende à Valparaiso dans une famille de la bonne bourgeoisie. Son père est avocat et libre penseur.

1933 : Cofondateur du parti socialiste, il adhère un peu plus tard à la franc-maçonnerie.

1938 : Député, il est l'un des responsables de la campagne présidentielle du premier président de la République élu sur un programme de Front populaire, Pedro Aguirre Cerda.

Début de l'industrialisation du pays.

1939 : Allende est nommé ministre de la Santé du gouvernement de Front populaire.

1958 : Candidat malheureux du Front d'action populaire à la présidence de la République.

---

* Les événements historiques sont présentés en italiques.

1964 : Candidat du Front populaire à l'élection présidentielle contre le candidat démocrate-chrétien Eduardo Frei. C'est un nouvel échec.

4 septembre 1970 : Salvador Allende arrive en tête de l'élection présidentielle chilienne avec 36,6 % des voix. Faute d'avoir obtenu la majorité des suffrages, c'est aux deux Chambres réunies en congrès de désigner le président en tenant compte des résultats du suffrage universel.

22 octobre 1970 : *Tentative de putsch militaire pour empêcher l'investiture d'Allende.*

24 octobre 1970 : Allende est élu mais ne dispose pas de la majorité parlementaire.

Octobre 1972 : *Les entreprises de transports routiers organisent la paralysie du pays.*

Mars 1973 : *Élections législatives : les partisans d'Allende obtiennent 43,39 % des suffrages. L'opposition est majoritaire.*

29 juin 1973 : *Échec d'une nouvelle tentative de coup d'État par des troupes de l'armée blindée.*

Juillet 1973 : *Mobilisation des chefs d'entreprise, des professions libérales, des commerçants et de nombreux cadres contre Allende.*

4 septembre 1973 : *Immense manifestation populaire de soutien au président. Pour dénouer la crise entre son gouvernement et les chambres, le principe d'un référendum est retenu pour déterminer la politique à suivre dans l'avenir.*

11 septembre 1973 : *8 h 30, le coup d'État militaire a commencé. À 11 h 30 le palais présidentiel est bom-*

bardé, à 14 heures l'armée y pénètre. *Salvador Allende s'est suicidé.*

Le général Pinochet s'installe au pouvoir, la répression est sanglante.

14 décembre 1989 : *Première élection présidentielle démocratique depuis le coup d'État.*

4 septembre 1990 : *Des funérailles nationales de Salvador Allende sont organisées à Santiago. Dix-sept ans après sa mort.*

« Ce sang qui coule, c'est le vôtre »

Victor Hugo, discours sur la tombe
de Jean Bousquet, 20 avril 1853

*« L'exil est impie ! » s'exclame Victor Hugo à
la Chambre des pairs. Ce 14 juin 1847, le roman-
cier, l'homme de théâtre et le poète, le conserva-
teur et l'humaniste, a décidé de dénoncer la pratique
du bannissement des opposants au régime monarchique. Forcer un homme à quitter son pays, c'est
le couper de ses repères, l'isoler du reste du monde
et le condamner à une mort lente. Son inter-
vention est brillante, son action sera efficace. Huit
mois plus tard, après des années d'exil, Louis
Napoléon Bonaparte, neveu de Napoléon Ier, est
autorisé à revenir en France. Sa carrière politique
commence.*

*En 1848, avec l'appui de Hugo, il est élu pré-
sident de la toute jeune IIe République. Trois ans
plus tard, il organise un coup d'État pour trans-
former la Constitution, asseoir son pouvoir et se
préparer à un nouveau rôle : empereur des Français sous le nom de Napoléon III. Mais cette fois,
Victor Hugo s'oppose à lui et lance un appel aux
armes contre le dictateur, déploie toute son énergie
pour la défense de la démocratie. En vain.*

Déguisé en ouvrier typographe, il quitte alors la France. Son engagement l'a condamné à l'exil, pour vingt ans. « Le combat finit, commence l'épreuve », écrit-il. L'exil le fait souffrir, puis, peu à peu, le galvanise. « N'être rien ! N'avoir plus rien à soi, n'avoir plus rien sur soi, c'est la meilleure condition du combat. »

En Belgique comme en Grande-Bretagne, les exilés, nombreux, vivent entre eux ; à Jersey, ils sont une centaine. Jean Bousquet est l'un d'eux. Il vient de Moissac, dans le Tarn-et-Garonne, où il était limonadier à l'enseigne de La Montagne, rue de la Place. Pour la police, c'est un socialiste ; lui préfère le qualificatif de démocrate. Opposant actif au coup d'État du 2 décembre 1851, il est arrêté et banni. Arrivé à Jersey en août 1852, il supporte mal l'exil et dépérit. À son enterrement, le 20 avril 1853, Victor Hugo est là, avec ses mots et sa fougue, au milieu des exilés. Aujourd'hui, la tombe de Jean Bousquet est devenue une sorte de monument aux proscrits. Sur la pierre, dix noms sont inscrits, des bannis morts entre avril 1853 et janvier 1856.

Discours de Victor Hugo

Citoyens,

L'homme auquel nous sommes venus dire l'adieu suprême, Jean Bousquet, de Tarn-et-Garonne, fut un énergique soldat de la démocratie. Nous l'avons vu, proscrit inflexible, dépérir douloureusement au milieu de nous. Le mal le rongeait ; il se sentait lentement empoisonné par le souvenir de tout ce qu'on laisse derrière soi ; il pouvait revoir les êtres absents, les lieux aimés, sa ville, sa maison ; il pouvait revoir la France, il n'avait qu'un mot à dire, cette humiliation exécrable que M. Bonaparte appelle amnistie ou grâce s'offrait à lui, il l'a chastement repoussée, et il est mort. Il avait trente-quatre ans. Maintenant le voilà !

Je n'ajouterai pas un éloge à cette simple vie, à cette grande mort. Qu'il repose en paix, dans cette fosse obscure où la terre va le couvrir, et où son âme est allée retrouver les espérances éternelles du tombeau !

Qu'il dorme ici, ce républicain, et que le peuple sache qu'il y a encore des cœurs fiers et purs, dévoués à sa cause ! Que la république sache qu'on meurt plutôt que de l'abandonner ! Que la France sache qu'on meurt parce qu'on ne la voit plus !

Qu'il dorme, ce patriote, au pays de l'étranger ! Et nous, ses compagnons de lutte et d'adversité, nous qui lui avons fermé les yeux, à sa ville natale, à sa famille, à ses amis, s'ils nous demandent : Où est-il ? nous répondrons : Mort dans l'exil ! comme les soldats répondaient au nom de Latour d'Auvergne : Mort au champ d'honneur !

Citoyens ! aujourd'hui, en France, les apostasies sont en joie. La vieille terre du 14 juillet et du 10 août assiste à l'épanouissement hideux des turpitudes et à la marche triomphale des traîtres. Pas une indignité qui ne reçoive immédiatement une récompense. Ce maire a violé la loi, on le fait préfet ; ce soldat a déshonoré le drapeau, on le fait général ; ce prêtre a vendu la religion, on le fait évêque ; ce juge a prostitué la justice, on le fait sénateur ; cet aventurier, ce prince a commis tous les crimes, depuis les vilenies devant lesquelles reculerait un filou jusqu'aux horreurs devant lesquelles reculerait un assassin, il passe empereur.

Autour de ces hommes, tout est fanfares, banquets, danses, harangues, applaudissements, génuflexions. Les servilités viennent féliciter les ignominies. Citoyens, ces hommes ont leurs fêtes ; eh bien ! nous aussi nous avons les nôtres. Quand un de nos compagnons de bannissement, dévoré par la nostalgie, épuisé par la fièvre lente des habitudes rompues et des affections brisées, après avoir bu jusqu'à la lie toutes les agonies de la proscription, succombe enfin et meurt, nous suivons sa bière couverte d'un drap noir ; nous venons au bord de la fosse ; nous nous mettons à genoux, nous aussi, non devant le succès, mais devant le tombeau ; nous nous penchons sur notre frère enseveli et nous lui disons : Ami ! nous te félicitons d'avoir été vaillant, nous te félicitons d'avoir été généreux et intrépide, nous te félicitons d'avoir été fidèle, nous te félicitons d'avoir donné à ta foi jusqu'au dernier souffle de ta bouche, jusqu'au dernier battement de ton cœur, nous te félicitons d'avoir souffert, nous te félicitons d'être mort ! – Puis nous relevons la tête, et nous nous en allons le cœur plein d'une sombre joie. Ce sont là les fêtes de l'exil.

Telle est la pensée austère et sereine qui est au fond de toutes nos âmes ; et devant ce sépulcre, devant ce gouffre où il semble que l'homme s'engloutit, devant cette sinistre apparence du néant, nous nous sentons consolidés dans nos principes et dans nos certitudes ; l'homme convaincu n'a jamais le pied plus ferme que sur la terre, mouvante du tombeau ; et, l'œil fixé sur ce mort, sur cet être évanoui, sur cette ombre qui a passé, croyants inébranlables, nous glorifions celle qui est immortelle et celui qui est éternel, la liberté et Dieu !

Oui, Dieu ! Jamais une tombe ne doit se fermer sans que ce grand mot, sans que ce mot vivant y soit tombé. Les morts le réclament, et ce n'est pas nous qui le leur refuserons. Que le peuple religieux et libre au milieu duquel nous vivons le comprenne bien, les hommes du progrès, les hommes de la démocratie, les hommes de la révolution savent que la destinée de l'âme est double, et l'abnégation qu'ils montrent dans cette vie prouve combien ils comptent profondément sur l'autre. Leur foi dans ce grand et mystérieux avenir résiste même au spectacle repoussant que nous donne depuis le 2 décembre le clergé catholique asservi. Le papisme romain en ce moment épouvante la conscience humaine. Ah ! je le dis, et j'ai le cœur plein d'amertume, en songeant à tant d'abjection et de honte, ces prêtres, qui, pour de l'argent, pour des palais, des mitres et des crosses, pour l'amour des biens temporels, bénissent et glorifient le parjure, le meurtre et la trahison, ces églises où l'on chante *Te Deum* au crime couronné, oui, ces églises, oui, ces prêtres suffiraient pour ébranler les plus fermes convictions dans les âmes les plus profondes, si l'on n'apercevait, au-dessus de l'église, le ciel, et, au-dessus du prêtre, Dieu !

Et ici, citoyens, sur le seuil de cette tombe ouverte, au milieu de cette foule recueillie qui environne cette fosse, le moment est venu de semer, pour qu'elle germe dans toutes les consciences, une grave et solennelle parole.

Citoyens, à l'heure où nous sommes, heure fatale et qui sera comptée dans les siècles, le principe absolutiste, le vieux principe du passé, triomphe par toute l'Europe ; il triomphe comme il lui convient de triompher, par le glaive, par la hache, par la corde et le billot, par les massacres, par les fusillades, par les tortures, par les supplices. Le despotisme, ce Moloch entouré d'ossements, célèbre à la face du soleil ses effroyables mystères sous le pontificat sanglant des Haynau, des Bonaparte et des Radetzky. Potences en Hongrie, potences en Lombardie, potences en Sicile ; en France, la guillotine, la déportation et l'exil. Rien que dans les États du pape, et je cite le pape qui s'intitule « le roi de douceur », rien que dans les États du pape, dis-je, depuis trois ans, seize cent quarante-quatre patriotes, le chiffre est authentique, sont morts fusillés ou pendus, sans compter les innombrables morts ensevelis vivants dans les cachots et les oubliettes. Au moment où je parle, le continent, comme aux plus odieux temps de l'histoire, est encombré d'échafauds et de cadavres ; et, le jour où la révolution voudrait se faire un drapeau des linceuls de toutes les victimes, l'ombre de ce drapeau noir couvrirait l'Europe.

Ce sang, tout ce sang qui coule, de toutes parts, à ruisseaux, à torrents, démocrates, c'est le vôtre.

Eh bien, citoyens, en présence de cette saturnale de massacre et de meurtre, en présence de ces infâmes tribunaux où siègent des assassins en robe de juges, en présence de tous ces cadavres chers et sacrés, en présence de cette lugubre et féroce victoire des réactions, je le déclare solennellement, au nom des proscrits de Jersey qui m'en ont donné le mandat, et j'ajoute au nom de tous les proscrits républicains, car pas une voix de vrai républicain ayant quelque autorité ne me démentira, je le déclare devant ce cercueil d'un proscrit, le deuxième que nous descendons dans la fosse depuis dix jours, nous les exilés, nous les victimes, nous abjurons, au jour inévitable et prochain du grand dénuement révolutionnaire, nous abjurons toute volonté, tout sentiment, toute idée de représailles sanglantes !

Les coupables seront châtiés, certes, tous les coupables, et châtiés sévèrement, il le faut ; mais pas une tête ne tombera ; pas une goutte de sang, pas une éclaboussure d'échafaud ne tachera la robe immaculée de la République de Février. La tête même du brigand de décembre sera respectée avec horreur par le progrès. La révolution fera de cet homme un plus grand exemple en remplaçant sa pourpre d'empereur par la casaque de forçat. Non, nous ne répliquerons pas à l'échafaud par l'échafaud. Nous répudions la vieille et inepte loi du talion. Comme la monarchie, le talion fait partie du passé ; nous répudions le passé. La peine de mort, glorieusement abolie par la république en 1848, odieusement rétablie par Louis Bonaparte, reste abolie pour nous, abolie à jamais. Nous avons emporté dans l'exil le dépôt sacré du progrès ; nous le rapporterons à la France fidèlement. Ce que nous demandons à l'avenir, ce que nous voulons de lui, c'est la justice, ce n'est pas la vengeance. D'ailleurs, de même que pour avoir à jamais le dégoût des orgies, il suffisait aux Spartiates d'avoir vu des esclaves ivres de vin, à nous républicains, pour avoir à jamais horreur des échafauds, il nous suffit de voir les rois ivres de sang.

Oui, nous le déclarons, et nous attestons cette mer qui lie Jersey à la France, ces champs, cette calme nature qui nous entoure, cette libre Angleterre qui nous écoute, les hommes de la révolution, quoi qu'en disent les abominables calomnies bonapartistes, rentreront en France, non comme des exterminateurs, mais comme des frères ! Nous prenons à témoin de nos paroles ce ciel sacré qui rayonne au-dessus de nos têtes et qui ne verse dans nos âmes que des pensées de concorde et de paix ! nous attestons ce mort qui est là dans cette fosse et qui, pendant que je parle, murmure à voix basse dans son suaire : Oui, frères, repoussez la mort ! je l'ai acceptée pour moi, je n'en veux pas pour autrui !

La république, c'est l'union, l'unité, l'harmonie, la lumière, le travail créant le bien-être, la suppression des conflits d'homme à homme et de nation à nation, la fin des exploitations inhumaines, l'abolition de la loi de mort, et l'établissement de la loi de vie.

Citoyens, cette pensée est dans vos esprits, et je n'en suis que l'interprète ; le temps des sanglantes et terribles nécessités révolutionnaires est passé ; pour ce qui reste à faire, l'indomptable loi du progrès suffit. D'ailleurs, soyons tranquilles, tout combat avec nous dans les grandes batailles qui nous restent à livrer ; batailles dont l'évidente nécessité n'altère pas la sérénité des penseurs ; batailles dans lesquelles l'énergie révolutionnaire égalera l'acharnement monarchique ; batailles dans lesquelles la force unie au droit terrassera la violence alliée à l'usurpation ; batailles superbes, glorieuses, enthousiastes, décisives, dont l'issue n'est pas douteuse, et qui seront les Tolbiac, les Hastings et les Austerlitz de la démocratie. Citoyens, l'époque de la dissolution du vieux monde est arrivée. Les antiques despotismes sont condamnés par la loi providentielle ; le temps, ce fossoyeur courbé dans l'ombre, les ensevelit ; chaque jour qui tombe les enfouit plus avant dans le néant. Dieu jette les années sur les trônes comme nous jetons les pelletées de terre sur les cercueils.

Et maintenant, frères, au moment de nous séparer, poussons le cri de triomphe, poussons le cri du réveil ; comme je vous le disais il y a quelques mois à propos de la Pologne[1], c'est sur les tombes qu'il faut parler de résurrection. Certes, l'avenir, un avenir prochain, je le répète, nous promet en France la victoire de l'idée démocratique, l'avenir nous promet la victoire de l'idée sociale ; mais il nous promet plus encore, il nous promet sous tous les climats, sous tous les soleils, dans tous les continents, en Amérique aussi bien qu'en Europe, la fin de toutes les oppressions et de tous les esclavages. Après les rudes épreuves que nous subissons, ce qu'il nous faut, ce n'est pas seulement l'émancipation de telle ou telle classe qui a souffert trop longtemps, l'abolition de tel ou tel privilège, la consécration de tel ou tel droit ; cela, nous l'aurons ; mais cela ne nous suffit pas ; ce qu'il nous faut, ce que nous obtiendrons, n'en doutez pas, ce que pour ma part, du fond de cette nuit sombre de l'exil, je contemple d'avance avec l'éblouissement de la joie, citoyens, c'est la délivrance de tous les peuples, c'est l'affranchissement de tous les hommes ! Amis, nos souffrances engagent Dieu. Il nous en doit le prix. Il est débiteur fidèle, il s'acquittera.

---

1. Victor Hugo a toujours soutenu le nationalisme polonais et la création d'un État indépendant.

Ayons donc une foi virile, et faisons avec transport notre sacrifice. Opprimés de toutes les nations, offrez vos plaies ; Polonais, offrez vos misères ; Hongrois, offrez votre gibet ; Italiens, offrez votre croix ; héroïques déportés de Cayenne et d'Afrique, nos frères, offrez votre chaîne ; proscrits, offrez votre proscription ; et toi, martyr, offre ta mort à la liberté du genre humain.

Chronologie*

26 février 1802 : Naissance de Victor Hugo à Besançon. Il est fils d'un général d'Empire et d'une mère royaliste et catholique.

1804-1815 : *Premier Empire. Napoléon Ier dirige la France.*

12 octobre 1822 : Mariage avec Adèle Foucher, une amie d'enfance.

Juillet 1830 : *Après plusieurs jours d'émeutes, une monarchie parlementaire voit le jour en France : la monarchie de Juillet. Le duc d'Orléans est proclamé roi des Français sous le nom de Louis-Philippe Ier.*

1833 : Début de la liaison de Hugo avec l'actrice Juliette Drouet.

7 janvier 1841 : Élection à l'Académie française.

4 septembre 1843 : Sa fille, Léopoldine, se noie dans la Seine.

1845 : Proche de Louis-Philippe, Hugo est nommé pair de France.

Février 1848 : *Triomphe d'une révolution républicaine dirigée par les modérés ; le roi Louis-Philippe abdique. Naissance de la IIe République.*

---

* Les événements historiques sont présentés en italiques.

Juin 1848 : *Insurrection des ouvriers parisiens.* Victor Hugo dénonce la répression sanglante qui l'accompagne.

Septembre 1848 : Il soutient la candidature de Louis-Napoléon Bonaparte à la présidence de la République.

Décembre 1848 : *Louis-Napoléon Bonaparte est élu.*

1849 : Peu à peu, Hugo rompt avec les conservateurs et se rapproche du courant républicain.

2 décembre 1851 : *Louis-Napoléon Bonaparte organise un coup d'État pour se maintenir au pouvoir alors que la Constitution ne l'y autorise pas.* Victor Hugo appelle sans succès à la résistance, la IIe République sombre.

11 décembre 1851 : Victor Hugo quitte clandestinement Paris pour Bruxelles. Son exil commence.

1852 : *Naissance du Second Empire. Louis-Napoléon Bonaparte devient Napoléon III.* Hugo quitte Bruxelles et s'installe à Jersey.

1855 : Il est chassé de Jersey pour avoir critiqué la reine Victoria et s'installe à Guernesey. Il refuse l'amnistie que lui propose Napoléon III.

5 septembre 1870 : *Défaite de l'armée française à Sedan, Napoléon III est capturé par l'armée allemande. Le Second Empire est renversé, une nouvelle république voit le jour.* Victor Hugo fait un premier séjour en France.

Mars 1871 : Il est à Bruxelles lorsqu'éclate la Commune de Paris. Il en est expulsé pour avoir dénoncé la répression sanglante – 25 000 morts et des milliers de déportés – organisée par le gouvernement républicain d'Adolphe Thiers.

Fin 1871 : Retour à Paris.

30 janvier 1876 : Élu sénateur de la Seine, Hugo s'engage en faveur de l'amnistie pour les communards.

22 mai 1885 : Mort de Victor Hugo à Paris. Le 1er juin, la jeune IIIe République lui offre des funérailles nationales au Panthéon.

LES GRANDS DISCOURS

« Elles sont 300 000 chaque année »
Discours de SIMONE VEIL pour le droit à l'avortement,
26 novembre 1974
suivi de **« Accéder à la maternité volontaire »**
Discours de LUCIEN NEUWIRTH, 1ᵉʳ juillet 1967

« Lançons la liberté dans les colonies »
Discours de G. J. DANTON et L. DUFAY, 4 février 1794
suivi de **« La France est un arbre vivant »**
Discours de LÉOPOLD SÉDAR SENGHOR, 29 janvier 1957
et de **« La traite et l'esclavage sont un crime
contre l'humanité »**
Discours de CHRISTINE TAUBIRA-DELANNON,
18 février 1999

« I have a dream »
Discours de MARTIN LUTHER KING, 28 août 1963
suivi de **La Nation et la race**
Conférence d'ERNEST RENAN, 11 mars 1882
Édition bilingue

« Yes we can »
Discours de BARACK OBAMA, 8 janvier 2008
suivi de **« Nous surmonterons nos difficultés »**
Discours de FRANKLIN D. ROOSEVELT, 4 mars 1933
Édition bilingue

« Du sang, de la sueur et des larmes »
Discours de WINSTON CHURCHILL, 13 mai et 18 juin 1940
suivi de **L'Appel du 18 juin**
Discours du GÉNÉRAL DE GAULLE, 18 et 22 juin 1940
Édition bilingue

« **Le mal ne se maintient que par la violence** ».
Discours du MAHATMA GANDHI, 23 mars 1922
suivi de « **La vérité est la seule arme
dont nous disposons** »
Discours du DALAÏ LAMA, 10 décembre 1989
Édition bilingue

« **Demain vous voterez l'abolition
de la peine de mort** »
Discours de ROBERT BADINTER, 17 septembre 1981
suivi de « **Je crois qu'il y a lieu de recourir
à la peine exemplaire** »
Discours de MAURICE BARRÈS, 3 juillet 1908

« **Vous frappez à tort et à travers** »
Discours de FRANÇOIS MITTERRAND et MICHEL ROCARD,
29 avril 1970
suivi de « **L'insécurité est la première des inégalités** »
Discours de NICOLAS SARKOZY, 18 mars 2009

« **La paix a ses chances** »
Discours d'ITZHAK RABIN, 4 novembre 1995
suivi de « **Nous proclamons la création d'un État juif** »
Discours de DAVID BEN GOURION, 14 mai 1948
et de « **La Palestine est le pays natal
du peuple palestinien** »
Discours de YASSER ARAFAT, 15 novembre 1988
Édition bilingue

« **Entre ici, Jean Moulin** »
Discours d'ANDRÉ MALRAUX en hommage à Jean Moulin,
19 décembre 1964
suivi de « **Vous ne serez pas morts en vain !** »
Appels de THOMAS MANN sur les ondes de la BBC,
mars 1941 et juin 1943
Édition bilingue

RÉALISATION : NORD COMPO À VILLENEUVE-D'ASCQ
IMPRESSION : CPI BRODARD ET TAUPIN À LA FLÈCHE
DÉPÔT LÉGAL : SEPTEMBRE 2010. N° 103163-3. (69135)
IMPRIMÉ EN FRANCE